I. Tonelis Handl

Die Zulässigkeit zur Zeugenaussage und zur Eidesablegung

Antigonos

I. Tonelis Handl

Die Zulässigkeit zur Zeugenaussage und zur Eidesablegung

Unveränderter Nachdruck der Originalausgabe von 1866.

1. Auflage 2024 | ISBN: 978-3-38637-073-8

Antigonos Verlag ist ein Imprint der Outlook Verlagsgesellschaft mbH.

Verlag: Outlook Verlag GmbH, Zeilweg 44, 60439 Frankfurt, Deutschland, info@outlook-verlag.de
Vertretungsberechtigt: E. Roepke, Zeilweg 44, 60439 Frankfurt, Deutschland
Druck: Libri Plureos GmbH, Friedensallee 273, 22763 Hamburg, Deutschland

עדות לישראל

כולל

תשובה אחת על שאלת הזמן מי יכשר ומי יפסל לעדות ולשבועה בזמנינו
ובארצותינו, עפ"י דת תורתינו הקדושה ודיני השלחן עריך

חברתי וחקרתי לכבוד ה' ותורתו

הק' איצק טאנעלים האנדל

יושב בשבת תחכמני פה וויען הבירה יע"א.

וויען,

כדפוס של האדון י. האלצוווארטה

בשנת תרכ"ו לפ"ק.

שאלה. הנה פה בסביבותינו הי' מעשה שהלך רב אחד לסדר קדושין וכאשר ראה שהאחד מעידי הקרושין, הוא אינו נזהר מחילול שבת לא רצה לסדר הקרושין, כאשר שפסל אותו האיש שהוא אחד מקציני העדה לכל עדיות שבתורה, ועי'ז נתהוה הרעש הגדול. כי מי יקום בזמנינו זה. בעו'ה לפסול אנשים רבים ונכבדים לכל עדות, ועי'ז גם לשבועה לא יקרב. וכמבואר בש'ע ח'מ סי' צ'ב ס'ג, וכששמעתי הרבר אמרתי שעת לעשות ל'ה', וגדול כבוד הבריות, ויותר גדול הוא השלום שאמר הקב'ה, ימחה כתיבת שמו עליו, וכל איש משכיל יבין לאחריתו. מה יהיה בסופו אם נפסול רבים מיקירי קהלה לעדות ולשבועה. ולכן עתה באתי להוכיח, מן המקרא, משנה, גמרא והלכה, שבזמנינו זה אינם נפסלים אותם אנשים העבריינים לעדות כלל, וזה החלי לדבר.

תשובה. תחלה אב'א ראיה מן המקרא, וזהו, דהנה הרומב'ם ואחריו הטור והמחבר כ' בזה'ל בפ'ו מה'ל עדות ה'א. הרשעים פסולין לעדות מן התורה ש'נ (שמות כ'ג, א). אל תשת ידך עם רשע להית עד חמם, מפי השמועה למדה אל תשת רשע עד ע'כ. דרשה הלזו מצאנו אותה בש'ס סנהדרין ר' כ'ז וכב'ק ד' ע'ב, אבל היא באה רק כדברי האמוראים, וכהיות שאין דרכם של האמראים לחדש דרשות כזו מלבם, אם לא ששמעו כן מאחד התגאים, שעליהם לבד יפול הלשון שאומר הרמב'ם, מפי השמועה למדה. לכן צריכים אנו לחפש מקור דרשה זו באחד מהברייתות. ובאמת נמצאנה שם במכילתא וז'ל ,אל תשת ידך עם רשע" אמר לו איש פלוני חייב לי מאתים דינרין ולו ע'א, בא והצטרף עליו, ומול אתה מנה ואני מנה לכך נאמר ,אל תשת ידך" רבי נתן אמר אל תשת ידך אל תשת רשע עד, אל תשת חמם עד, להוציא את החמסנין ואת הגזלנין שהן פסולין לעדות שנאמר לא יקום עד חמם באיש מהו ענשו ועשיתם לו כאשר זמם עכ'ל. ממכילתא זו אנו למדין בתחלה שבפסי' הכתוב נחלקו הת'ק ור'נ, דלת'ק ס'ל דהפי' בכתוב הוא ,אל תשת ידך עם רשע' שהרשע הוא התובע שתובען שלא כדין, וחזהירה התורה שלא תהיה על ידו עד חמם שהתובע עושה החכם ואתה מעיד על חמסו, וכן תרגם אונקלום. אמנם האמוראים נ ש'ס נמשכו אחר דרשת ר' נתן שהוא דורש ,אל תשת רשע עד' אל תשת חמם עד, אכן בסוף דברי המכילתא בא השיבוש בחראיה שמביא שם מהכתוב ש'נ ,לא יקום עד חמם באיש'

שאין זה מקרא כתוב בתורה כלל. אמנם צ"ל ש"נ (ועי"ס י"ע, ס"ז) כי יקום
עד חמס באיש הנאמר בעד זומם, אבל הראיה שבא להביא משם, זהו
בוודאי צריך ביאור ונבוא לזה בתוך דברינו — והנה עפ"י דרשה זו דאל
תשת רשע עד" בא המחלוקת דאביי ורבא, שם בסנהדרין ד' כ"ז ע"א
כמומר אוכל נבילות להכעיס דאביי אמר פסול ורבא אמר כשר, ומפרש
כש"ם טעמייהו, אביי אמר אמר דהו"ל רשע, ורחמנא אמר "אל תשת
רשע עד" ורבא אמר כשר רשע דחמס בעינן — והנה אף שהלכה נקבעת
שם בנמרא בזה כאביי מפני שהוא א' משושה דברים די"על קנ"ם שבא
עליהם הקבלה דהלכה כאביי נגד רבא. בכל זאת עלינו החוב להתבונן
עכ"ם בפי' הכתוב, דלרבא וודאי יוצדק יותר שהזכיר הכתוב
"להיות עד חמס" אבל לאביי דמחלק הרשע מן החמס איך יבואר לשון
הכתוב וכפל לשונו ולמה לו להכתוב לערבב הדברים שפתח לדבר ברשע
שכולל לאביי כל בעל עבירה ולמה זה. סיים הכתוב בעד חמס והלא כל
איש חמס בוודאי גם הוא רשע יקרא כמ"ש (שמות ג') "ויאמר" לרשע למה
תכה ריעך, וגם הוא עובר על ל"ת שבתורה, ומה לו להכתוב ליתן לנו בזה
מקום למעות כסברת רבא דבעי' דוק' רשע דחמס ודבור עד חמס אך
למחסור? ועוד ק', הלא אם כבר נגלה לנו הכתוב דכל רשע ובעל עבירה
פסול לעדות, כבר ידענו במכ"ש דרשע דחמס אשר הוא רע לשמים ורע
לבריות שהוא פסול. וכמבואר בסוגי' הש"ם סנהדרין ד' כ"ז ע"א ? ולכ"נ
דוודאי גם אביי מודה בזה, דעיקר הפסול באוכל נבילות להכעיס אינו
נזה"כ מפני שעבר על ל"ת שבתורה שיהיה עי"ז פסול לעדות לעונשו
בזה אף שנחשיבנו לאיש נאמן כמו שפסלה התורה כל קרוב לעדות,
ואסי' משה ואהרן אינם יכולים להעיד בקרוביהם, אבל עיקר הפסול הוא
לאביי ספני שאנו חושדים אותו בעל עבירה שהוא יעיד 'ג"כ שקר, ובזה
נחלקו אביי ורבא, דלרבא ס"ל דוק' רשע דחמס דהוא רע לשמים ורע
לבריות, הוא דחשד" בעדותו לשקר. אבל רע לשמים ולא לבריות מסתמ'
לא חשדי' לי' לשקר בעידותו, ולהיותו גם רע לבריות וכמבואר שם בנמרא
סנהדרין ד' כ"ז ע"א, ומעתה לאביי זהו הפי' כבכתוב "אל תשת ידך עם
רשע" איזו רשע שיהי' בעל עבירה לשמים כמו אוכל נבילות, בכ"ז אל
תצרף עמו לעדות "להיות עד חמס" הפי' מפני שמאיש רשע כזה תעמידנו
מספק בחזקת שיוכל להיות גם עד חמס. והוא עד שקר, כמו שבא חפי'
הזה בעד חמס בהמכלתא. ומסתמ' נחשיד אותו גם בזה לרעת אביי מתוך
פי' הכתוב שמחלק ומזכיר בתחלה רשע ולבסוף עד חמס — ובזה יובנו
היטב דכרי המכילתא, במאי שמביא ראי' מקרא דמ"ת "כי יקום עד חמס"
הראי' היא זו, שהפי' חמס אינו בדוק' שגזול וחומס דבר מה מיד חבירו.
אבל כל עד שקר קראו הכתיב עד חמס והתואר "חמס" אינו דבוק על
נוף העד, אך על מעשה וסיפור העדות, וע"ז מבי' המכלתא ראיה ששם
בעד זומם נ"כ קראו הכתוב עד חמס אף שלא גזל חמס מיד חבירו כלום.
וכן אמר גם המשורר (תהלים כ"ז) "כי קמו בי עידי שקר ויפח חמס" ומעתה
נתכונן נא הלא עינינו רואית דנם אביי מודה דנם דעיקר הפסיל ברשע הוא

אינו ממעשה העבירה שעבר, אבל מפני שהשדו הכתוב מחשק להית עד חמס, ומעתה אם רואים אנו שרבים המה אותן שאינן נזהרין מחילול שבת וממאכלות אסורות, אבל בכל זאת במצות שבין אדם לחבירו נזהרים המה באמונתם ותמימות לבם לפעמים יותר מהאחרים, זהו כי המה במחשבתם ישימו אשר והצלחת האדם הגפשי בשמירת המשפט והיושר בין אדם לחבירו, ואהבת האמת, ובזה יאחזו כאחד הצדיקים דרכם, בודאי אין מקום והתחלה כלל לספק שישקרו איש בעמיתו, באשר שאלי' היא אמונתם, שנצטוינו עליהם מאת ה' ית'. וגם בראית שכלם ולמודם המוסריי, ומאחר שאין כאן יתד ומקום כלל לעורר הספק בלבנו, הלא יצא לנו מביאור הכתוב ומיתורו שבכשביל מעשה דשאר עבירות לבד אין לפוסלו לעדות אם לא שנחזיקנו מספק גם לעד חמס, אמנם בזה גם אכ"י מודה דבאנשים האלו שנודע לנו שהולכים בתום ויושר כל ימיהם, ורואים אנו שמוסרים נפשם ומאודם על כל המצות שבין אדם לחבירו, בודאי אין לתלות הספק ששקר יענו איש באחיו על בלימה, ולזה אני אומר חלילה לנו לעשות פירוד כזה במשפחות ישראל, ולעשות חילול ה' עי'ז.

וכזה שכתבתי בפי' המכילתא יתורץ מאי דק' מוב' ע'ז שנאמר שם בקרא, ולהוציא את החמסנין, והרי בש'ס דילן סנהדרין ד' כ'ה ע'ב מבואר בברייתא דהוסיפו רהוסיפו עליהן החמסנין א'כ. חמסנין פסולין רק מדרבנן והאין מפיק להו כאן מקרא, אבל לפי סידושנו בעד חמס שהוא עד שקר שהוחם, גם בזה הפי' בחמסנים בעידי שקרים שהוחזמו כבר כנ'ל — ומאחר שהוכחנו עפ'י המכילתא בפי' המקרא דעיקר הפסול דרשע אוכל נבילות אינו משום גזירת הכתוב לפסלו כמשה ואהרן ע'י קורבה, רק משום דמסופק הוא אצלינו להיות עד חמס שהוא עד שקר, יש' לנו ראיה ברורה לחלק בין האישים, ולדונם איש ואיש כארחו ומעללו בינו ובין רעהו — זה למדנו מדברי רכינו יקיר הביאו הג'א בס'ק דגיטין ברא'ש סי' י', ש'כ אסי' נכרים המוחזקים שאינם שקרנים כשרים לעדות. המעם מבואר שם בתחלה בדברי הג'א ע'ש ספר החכמה. דם'ל לר' יקיר דנכרים עע'א אינם פסולים מן התורה אלא ממעם שהם גזלנים, ולכן הני דידעי בהו דלא מרעי נפשייהו מהימנו, ומעתה יש לדון אם בנכרים עע'א מחלק כן רבינו יקיר על אחת כמה וכמה שנדע להבחין בין האישים בקרב אחינו בני ברית — ואף שכל הפוסקים חולקים ארבינו יקיר, אמנם גם בזה נ'ל ליישב דעתו ולהתנצלו ממאי שהקשה עליו שם בהג'א וגם בב'י בח'ם סי' ל'ד מחו' כ'ה. ראשונה הקשה עליו הרב'י מסתם' דמתני' בפ'ק,בב'ק ר' י'ד ע'כ דתנן התם סתם'. "על פי עדים בני חורין בני ברית' ואמרי' בגמרא שם ד' מ'ו בני חורין למעומי עבדים, בני ברית למעומי נכרים, מזה משטע כמו דלא מחלקי' בעבדים, כמו כן אין לחלק בנכרים, בשנית הקשה עליו הרב'י מתום' ב'פ החובל ד' פ'ח ע'א בד'ה ד' ס'ח עא' והא עבד ש'כ דמשמעתן דהתם מוכח דגוי לכ'ע פסול לעדות מדכתיב (דנכיס י'ט, י'ס). "והנה עד שקר העד שקר ענה באחיו. וגוי לאו אחיו הוא במצות כלל וכו' יע'ש. ונלענ'ד דוודאי

לא נעלם מרבינו יקיר סוגי' זו דבב"ק רסוכחת דיש למעם גוי מאחיו, אכן ס"ל דזה מיעוטא דקרא אינו מבורר רק אתורת עונש הזמה, דנמשך שם בקרא שלאחריו דשם נאמר "ועשיתם לו כאשר זמם לעשות לאחיו" אבל בכל זאת ידרענו מטילא דנסל גוי גם מעדות משום דאנן קיי"ל דבעי' עדות שאתת יכול להזימו, דהיינו לעשות בעדים דין ועונש הזמה, אם יחמי, ולזה ע"י הלמוד בעצמו שאיטעוט גוי מעונש הזמה ממשמעות דאחיו. מעצמו ידרענו שגם בתורת עדות איננו, ומעתה עפי"ז ס"ל לר' יקיר דכ"ז תינח בעדות דריני נפשות או בדיני קנסות שהם גזילות וחבלות, דבעריות האלו צריך להיות עדות שאי"ל, אבל בדיני ממונות הלא מבואר בד"מ ס"ס ל"ג כח"ם דלא בעי' עדות שאי"ל, כמו דלא בעי' בהו דרישה וחקירה וכמבואר בש"ס סנהדרין ר"ס אחד דיני ממונות ולכן ס"ל לרבינו יקיר כעדות אצל רינִי ממונות באמת אין לפסול גוי מטיעוטא דאחיו, דמשם אינו ממועט רק דאינו בתורת עונש דהזמה, אבל לא מנאמנות — ומזה הוכיח ר' יקיר האי דפסל' שם בני"סין ר' י' ע"ב במשנה ובכרייתא שטרות שחותמיהם נכרים בזמן שנעשו בהריום היינו משום פסלות דגזלנות שהיו חשודים להם בזמנם, ועפי"ז היטב לראות, דגוים המוחזקים שאינם שקרנים כשרים לעדות, וכוין בוה רק לעדות ממון, ובזה מובן הטעם דמכשיר שם במתני' כל השטרות העולים בערכאות של נכרים אע"פ' שחותמיהם נכרים, וגם יתורץ הקוש"י הראשונה של הרב"י ממשנה דמ"ק בב"ק ד' י"ד דתני סתם' בנזקין "על פי עדים בני ברית' ולא מחלק משום רכל נזקין הם נחשבים לדיני קנסות דמסיק הש"ס בסנהדרין ר"ס אחד דיני ממונות רבעי' בהו דרישה וחקירה, וממילא רבעי' נמי בהו עדות שאי"ל, וסאחר דאימעום גוי מתורת עונש הזמה מלאחיו, מזה הטעם בעצמו מיפסל הוא גם להעדות עס"י ד"ת משום דבעי' עדות שאי"ל, ולכן שם בבב"ק בנזקין באמת אין לחלק אם מוחזקים כאינם משקרים, יזהו לקיים דברי הר"ר יקיר. — ומעתה יצא לנו הדין כאור נוגה, אשר לא יגח שמץ הרשע לפסול הגבר ויושר לב, עם החמסן ועקש דרכו, והבן — זהו מצי שאמרתי לראיה ראשונה מן המקרא.

הכשר הב' רוצה אני ללמוד מתוך סדר המשנה, וזהו, דהנה בהגמיי' כפ"י מה'ל עדות מהו' א' מביא ע"ש א"א שפסק כרבא דאוכל נבילות כשר לעדות, אמנם הגמיי' סיים עליו ולא חביגותי למה ע"ש. ונלענ"ד דהרב אביאסף הוכיח מתוך הסוני' שלמסנינו סנהרדין ד' כ"ז שהיא בעצמה חלוקה היא לשתי סוגיות, והסוני' הראשוני' שאסיק מתחלה דברי אביי בתיובתא מתוך הכרייתא נשארה לה, כפי דעתם של בני ישיכה אז דלית הלכת' כאביי כדמוכח ליישנ' דתיובתא בכ"מ, וההוכחה לזה הוא דהסוני' האחרונה לא שמעי להו כלל הך תיוכתא, וזהו ראם נתבונן בסוף כל השיקול וטרי' כסוגיין דמס"ק הש"ס להוכיח לסמוק כאביי מראשכחן סתם' רמתגי כוותי' והוא מדתני' זה הכלל כל עדות שאין האשה כשירה לה אף הן אין כשרין לה, ומעתה לסברת המקשן הראשון דמותיב לאביי בתיוכתא מברייתא דתני לפסולים

רק גזלנים וטלוי רביות, ודייק הגי אין אבל אוכל נבילות לא, א״כ ק'
אדדייק מסים' דמתני' כאבי, אדרבה נידוק מרישא דאותה משנה עצמה
דלא כאבי מדלא מני ותני הפסולים דכל 'עוברי עבירות, דרק אלו דמני
במתני' הן כולן מעין גזלנין כמ״ש רש״י במתני' דסנהדרין 'ד' כ״ד ע״ב,
וכמו שמדייק המקשן הראשון על אותה ברייתא דסותיב מינה לאבי'
בתיובת', א״ו הוכיח א״א מזה דלסוני' האחרונה לא שמיע להו כלל הא,
דמסיק לאבי בתיובתא מכח הדיוק מדלא תני רק הגזלנין, דבאמת זה לא
נראה לסוגי' האחרונ' לדייק כלל ולותיב מינ' בתיובתא די״ל דנקמ אלו
לרבותא לאשמעי' דאעפ״י שהן בני תשלומין ואין בני מלקות, ונם אעפ״י
שכבר החזירו הגזל והרבית מ״מ הם פסולים, וכמ״ש הרמב״ם זה לחידוש
בפי״י מה״ל עדות ה״ד, ולזה ס״ל לא״א דזה דנאמר שם לסנינו בסוני'
האחרונה בזה״ל „והא איתותב. ההיא ר' יוסי היא' זאת הנוסחה מוסעת
היא בע״כ. ואיזה תלמיד טועה הוסיפה שם, דע״כ לסוני' האחרונה לא חש
כלל לדייק מדמני רק הנך בפסולי דגזלן ולא גם שאר הרשעים מחוייבי
מלקות, דא״כ ליכא למשמע כלל מסתמ' כ״ז מאיר, דאדרבה נידוק מהך
מתני' גופה מדלא תני אינך רק מיסולא דגזלנותא משמע כרבא, אע״כ
דלסוני' האחרונה לא חש לדיוק זה כלל. כנ״ל בדעת אביאסף שמבי'
הגמיי' — ומעתה נבוא אל העיון דוודאי כ״ז לא הוי רק לדעת א״א. אבל
לדעת שאר כל הפוסקים שפסקו כאבי וסמכו עצמם ע״ז דמסקי' בשמעתין
דסתם משנח דאלו הן הפסולין כר״מ ומדיוק' דזה הכלל באמת ק'
דאדרבה נידוק הדיוק הפשוט יותר מרישא דמתני' גופה מדלא מני כלל
במתני' שאר עוברי עבירה דלאו דחמס משמע דוק' חנך דחמס פסולים
אבל שאר עוברי עבירה לא. והיותר תימה הוא שאותה משנה בעצמה
ראלו הן הפסולים, הלא היא נשנית לנו גם פה בסנהדרין, וסה אינו מוזכר
זה הכלל במתני'. א״כ בוודאי יש לדייק מינה מדלא תני שום פסול אחר
רק פסולא דחמס דדוק' הנך רשעים דחמס פסולים, אבל לא רשעים
דעבירות דעלמ' וכמו שמדייק הש״ס בתחלת הסוני' באותה ברייתא דמותיב
מינה לעיל תיובת' לאבי', והך סתמ' דסנהדרין ששבקה לזה הכלל בוודאי
עדים' לדירן מאותה סתם משנה הלזו כעצמה ששנה לנו רבי במס' ר״ה
חדא עם״י כללין, דכל סוני' כרוכתה עדים' לן, ועוד דהלא היא נשנית,
באחרונה, שסדר נזיקין נשנית לאחר סדר מועד, ובוודאי הו״ל לקבוע
הלכה כההי' סתמ' דסנהדרין? א״ו נ״ל מזה הוכחה כרורה לתקוע יתד נאמן
בהלכה. דהנה הרמב״ם בפי״י מה״ל עדות ח״ב כ' וז״ל „איזהו רשע כל
שעבר עבירה שחייבין עליו מלקות, זהו רשע ופסול שהרי התורה קראה
למחויב מלקות רשע, שנ' (דברים כ״ה, ג') והיה אם בן הכות הרשע" עכ״ל.
מבואר מדבריו שעונש המלקות הוא המכנהו לרשע, ששם רשע הוא תואר
לאיש המחויב עונש שחייבו שהרשיעו אותו הב״ד, ומעתה נאמר כיון שמבואר
כרמב״ם בפ״ס מהנ״ל סנהדרין ח״כ דעונש המלקות צריך לחיות רק בפני
ב״ד סמוכים ורק כא״י אבל לא בח״ל, ומאחר שנודע לנו שכבר ביםי
התנאים נכמלה הסמיכה, א״כ אן לא היו יכולים תב״ד לענוש עוד במלקות

וכמבואר ע״ש ברמב״ם ה״ג — ומעתה עפ״י האמור באותו הזמן ובאותן
המקומות שלא היו יכולים לענוש במלקות, באמת אין לכנות העובר על
ל״ת בשם רשע, כיון שלא הרשיעו וחייבו אותו ב״ד בעונש כלל, וממילא
דלא מיפסל גם לעדות בכך — אכן לא בלבד מלישנ׳ דקרא אנו למדין
כן, אבל גם הטעם הוא המושכל. דוודאי לאותו העבריין שהתיר עצמו
בעשותו העבירה בפני עדים בפרהסי׳ עי״כ לעונש מסורסם בב״ד, הוא
לא חס על כבודו, כמו שאומר הכתוב שם „ונקלה אחיך לעיניך" ובודאי
לאיש בזוי ונקלה כזה אין ליתן לו נאמנות כלל לא לעדות ולא לשבועה.
אבל בזמן או במקום שאין עונשין אותו ב״ד במלקות, והוא גם הוא לא
התיר עצמו לעונש ב״ד כלל, באמת משום העבירה עצמה שעבר לא
נקלה בכבודו, ולא קראו הכתוב רשע ומעתה נבין בטוב טעם במאי
שבמתני׳ לא מני פסלות לעדות רק דרשע דחמס ולא שאר בעלי עבידה
לאביי מאני שהינך דחמס פסולים אעפ״י שאינן לוקין וכמ״ש הרמב״ם כפ״י
מה״ל עדות ח״ד, והן הן הפסולים בכל הזמנים ובכל המקומות, אבל
רשעים דעוברי עבירה המה נפסלים רק ע״י עונש המלקות, מה הי׳ רק
בזמן הסמיכה ורק בארץ ישראל אבל לא בח״ל, ולכן המשנה לא בא
להורות רק מילת׳ דפסיקא בכל זמן ובכל מקום — ולזה דוק׳ אאותה
הברייתא שמביא׳ הש״ס בתחלת הסוני׳ דאמרה כן אדרשה דקרא „אל תשת
רשע עד" „אל תשת חמס עד" אלו גזלנין ומלוי רביות, ולא הזכירה כלל
שאר רשעים חייבי מלקות מה״ת, ממנה דייק המותיב שפיר דלא כאביי,
אבל אטשנתינו ששנה לנו רבי בהלבה פסוקה, באמת אין לדייק כלל
מדלא מכיר רשעי חייבי מלקות, דזה מין מהפסול אין לקבוע בכל
המקומות רק בא״י ולא בח״ל. גם לא בכל הזמנים דאינו באותן הזמנים
שנבמפלה הסמיכה, ולא היו יכולים לענוש עוד במלקות כנ״ל — ומעתה
יש לנו לזעוק עוד על הטור ושו״ע מה ראו על ככה להעתיק ולקבוע לנו
עוד היום דינים אלו? ולזה אמרתי דוודאי אין להכחיש דמבואר הוא
מתוך דברי הגמרא דלא על העונש מלקות בלבד פסול לעדות, אבל גם
אשאר עונש שנתחייב בב״ד משום, עבירח שעבר נפסל, וכדאמרי׳ שם
בש״ס סנהדרין ד׳ כ״ו ע״ב הנהו קבוראי דקבור נפשא בי״ט ראשון שמתינהו
רב פפא ופסלינהו לעדות ע״כ מבואר דגם כעונש נדוי חרם שנענש בב״ד
יש לפסלו נ״כ להעיד. אכן גם בזה על משמרתי אעמוד, דאף גם לדעת הש״ע
ובזמנו היו מקומות שהי׳ברשות הב״ד לענוש כל העובר על ד״ת במכת מרדות
ובנידוי וחרם. וכיון שהיה זה להם תחת המלקות חשבו חכמים לעונש זו בזמנם
כמו המלקות בא״י ובזמן הסמיכה, וכמבואר ברמב״ם פט״ז מה״ל סנהדרין ה״ג ע״ש
ולכן העתיקו הטור והשו״ע דינים אלו גם בזה״ז, אבל בארצותינו ובמלכותינו
אין כח והרשאה כיד ב״ד לענוש העובר על ד״ת לא במכת מרדות, ואף
גם לשמתא ונדוי בל יוכלו לסצות פיהם מחוקי המלך, א״כ זה העובר לא
התיר עצמו לשום עונש שיענישוהו ב״ד לעיני כל העדה בכך, ולזה אין
לכנותו רשע יען לא הרשיעו אותו ב״ד בשומם עליו עונש מה, ותחת

נקלה וקלון רק קלות יאמר לו, ולאיש מכובד כזה שמכבד ת"ח בודאי,
אין לפסלו כלל וכלל וכנ"ל.

ואם יטעון עלינו אחד מהמערערים, הלא האנשים שעיסקים במסחר בשבת
יש לדמותם כמו אוכל נבילות לתיאבון שאמרו עליו בש"ס סנהדרין ד' כ"ז
ע"א שהוא פסול לדברי הכל ופירש"י שם הטעם, כיון דמשום ממון קעביד
דהא שכיחא בזול טפי מדהיתירא הו"ל כרשע דחמס ופסול לעדות עכ"ל,
והנה יאמר לי כעל ריבי הלא גם אלו עבור חמוד ממון כדי להרויח מחללין
את השבת? אך לזה נשיב, מעית בני בדמיונך, וחזות שקר חזה לך
שהחלפת המסובב בהסבה, וזה היה לך למשגה השם המשותף שהזכירו
חז"ל פה במלות, לתיאבון ,ולהכעיס' ובזה אתה צריך למלמד.

הנה באמת זה התואר ,לתיאבון" אינו הוראתו המיוחדת על גודל
חמדתו לממון לכדו, דהלא מצאנו בראש מס' חולין ד' ג' שאמרו שם
אוכל נבילות לתיאבון ופירושו שם הוא שאוכל לתאותו כי יערב לחכו
המאכל, אבל התואר לתיאבון כולל ב' מיני התאוות התאוה החושית לדבר
מה, וגם התאוה הפנימית הנפשיי ,,כמו המוד ממון. ובאמת זה התמונה ון
בסופו הוא בלשון ארמי הסימן לרבים כמו כלה"ק ,ות' ומעתה כוודאי
יקשה עלינו דלמה תפסו בלשונם חז"ל פה בסנהדרין זה תואר המשותף
הלא פה בסנהדרין לא כוונו על איש אוכל נבילות מפני שתאב
הוא להמאכל עצמו דלזה בוודאי אין לקרותו רשע דחמס אבל דברו במי
שהוא כילי וחומד ממין כי יש לו עושר אבל מרצונו השפל לחום על
ממונו קונה לעצמו הנבילות מהזלים אצלו, וא'כ הי' להם לחז"ל בכאן
לבחור יותר לקרוא לו אוכל נבילות ,לכילותו? וכפי הנראה מלשון רש"י
אפשר שבנוסחה אהרת הי' כך, מדכ' רש"י הכי נרסי' ולא שינה כלום
ממ"ש לפנינו? אבל בכ"ז כפי הנראה מחק רש"י, לאותה גירס' והצדיק
חגירס' שלפנינו, וצריך טעם למה, ולכ"נ שבאמת שכלו חז"ל לכנות גם
פה הכילי ביותר והחומד ממון בשם התואר הכלל: ,לתיאבון' בזה השם
בעצמו שכינו אותו שם בחולין, וזה הי' בכוונה עמוקה מהם שנלמוד
משם, דכמו דשם אמר רבא ישראל מומר אוכל נבילות לתיאבון בודקי'
סכין ונותן לו ומותר לאכול משחיתתו. ומפורש שם הטעם בגמרא ד' ד'
כיון דאיכא היתירא ואיסורא לא שביק היתירא ואכיל איסורא, וכן פירש"י
שם אלתיאבון דכל כמה דמצי למיכל היתירא לא אכיל איסורא, ומעתה
לזה בחרו חז"ל גם פה בסנהדרין לקרוא לו .לתיאבון' להורות לנו גם פה
שידענו ממנו כאם שכיח לו ההיתר בזול כמו האיסור אינו אוכל האיסור
זה לנו לאות שהוא יודע ומאמין בלבו שדבר זה אסור ונצטוינו עליו
מאת הבורא ית' למנוע ממנו, רק לגודל כילותו והסדתו לממון עובר הוא
על מצות ה', ולכן לאיש כזה ישמוכר אלקיו ותורתו בעבור חמדת חמטון
יש לחשבו לרשע דחמס ממש זהו הפי' ,לתיאבון, ומה נדע שרהפי' ,להכעיס'
הוא ההפך מזה, דהיינו כל שלא ידענו ממנו מאומה שנזהר מלאכול נבילות
בשום פעם, אמנם זהו לקלות ראש אצלו, שאינו חושב זה לעון ולפשע
בדעתו, דהנה ד'הנה לא יוצדק פה לפרש ,להכעיס' כמו שם בחוריות ד' יא

דנאמר שם .להכעים הרי זה צדוקי' רשם הפי' .להכעים' שכופר בתורה
מן השמים ואינו מאמן בעקרי הדת, ולא בשכר ועינש, והלא על מומרים
כאלו כ' הרמב"ם בפ"א מה"ל עדות ה' י' האפיקורסין והמומרים לא הצריכו
חכמים למנותן בכלל פסולי עדות, שלא מנו אלא רשעי ישראל, אבל
אלו המורדין הכופרים סחותין הן מן העכום, שיש להסידיהן חלק לעה"ב
ע"כ ולכן בהכרח הפי' בסוגין .בלהכעים' שטכשירו רבא הוא הניגוד וההפך
מן .לתיאבון' דר"ל שעושה זה רק מקלות ראש, אבל לא ממרת הכילות,
מפני שרואין אני בו שאינו מקפיד על הזול באשר שמטכירין אותו לנדיב
רוה וסזר נתן לאביונים, ואף שלא נשבחנו על זה שהוא מרבה הרוה על
הצמאה ואוכל נבילות גם שלא לתיאבון, אבל משפטי ה' אמת, וגם חז"ל
זך וישר פעלם וכאורח איש ואיש ישלם לו דלעניו קבלת עדות, אין לנו
לשקול ערכו ותקפו באמונה ויראה, החזק הוא הרסה, אך בזה יבחן אם
אמת ידכר ואם ישקר בעמיתו באהבתו השחד והבצע, או אם שחד גם
על נקי לא יקח, ועל מחיר כסף לא ישקר. — ומעתה מי יעור עיניו
מלראות שהאנשים האלו כזמנינו שהם רוכם נדיבים ושועים בעמינו ופועלי
צדקות, בוודאי אין ליחס להם מרת הכילות כלל וכלל, ולזה אין להחשיבכם
כזה כמו אוכל נבילות לתיאבון, לקמוץ ממנו. ומה שחחשב הטוען, שבחילול
שבת עושה כן רק להרויח ממון, שנג כזה, דהלא עיקר חילול שבת שהוא
מלאכת הכתיבה, בה אינו מרויח כלום דיכול לעסוק כמו"מ מבלתי שיכתוב
הוא בעצמו, ומה יאמר הטוען באותם שמעלים עשן בפיהם וכי איזו ריוח
ממון ישיגו בזה? לכן כל מי שמודה על האמת יודה לדברי ויניד אשר
לא על כל בעל עבירה והומאא, גם דברי מרמה ושפתי שקר נחשוב עליו,
ואין אנו רשאין לכנותם „אנשי חמס" ולפסול אותם עי"ז לעדות ולשבועה,
וזהו המבקש לנו בהיתר השני בס"ד.

היתר הג' אמרתי להביא מתוך התלמוד, ולכן עתה באתי ואענה
ואומר דאף אם ניתן להרב הנ"ל כל סעותו שאיש כזה אצלו לרשע יהשב,
בכל זאת אין לפסלו להעיד בקדושין, דהנה שם בש"ס קדושין ד' מ"מ
ע"ב ת"ר המקדש על מנת שאני צדיק אפי' רשע גמור מקודשת, שמא
הרהר תשובה בלבו ובדעתו. והובא ד"ז שם בש"ע אה"ע לפסק הלכה
בה"ל קדושין בסי' ל"ח סעי' ל"א ובב"ש שם בס"ק נ"ה כ' דאם הוא
כעצמו אומר שהרהר בתשובה נאמן יע"ש ומעתה נתבונן אם במקדש
עצמו נאמר כן באותו איש שבא להעיד בקדושין, מי יאמר לנו שלא
הרהר תשובה בלבו באותה שעה ומי יוכיחנו רשעו בפניו. ובפרט למאי
דקיי"ל בש"ע ח"מ סי' ל"ד סעי' כ"ד דאפי' כ"ב דאפי' מומר שחזר בו ורק קבל על
עצמו לעשות תשובה כשר מיד, אעפ"י שלא עשאה עדיין, ומבואר בש"ך
שם בס"ק כ"א דל"ד במומר הוי דינא הכי אבל בכל פסולי עדות מחמת
עבירה הדין כן, וזהו החילוק בין רשע דשאר עבירות לרשע דחמם,
דבחמם בעי' דוק' עד שיודע שחזרו בהם מדרכיהם הרעה. וכן מבואר בש"ע
ח"מ בסי' ל"ד סעי' כ"מ וא"כ למה נפסול להאיש הלזה ולמה לא נאמר

שמא חזזר תשובה בלבו באותה שעה? אכן לא לבד מספק אני בא
להכשירו לכתחילה. אבל אני אומר ומחלים הדבר בהכשירו כודאי, דהנה
זה העד שאנו דנין עליו שבא להעיד במעשה הקדושין והוא העבריין א"א
שיבוא לפנינו רק באחד מב' פנים, הא' באם שיודע בעצמו שכל עובר
עבירה הוא פסול לעדות ד"ת. והוא בכל זאת לא מנע עצמו מלהית עד
בדבר הקדושין, ואם נחזיק זה לאמת א"כ כיון שהסקדש אומר שהוא
מקדש כדת משה וישראל ביודאי אותו העד שבא להעיד גם הוא כדת
משה וישראל בא הגה, וא"כ בע"כ הי' צריך באותה שעה לכה"פ להרהר
תשובה בלבו. באשר שיודע הוא שזולת זה בל יוכל להית עד במעשה
הקדושין שנעשו בדת משה וישראל, וא"כ הדבר ברור וכמו שיאמר לנו
בפה מלא שהרהר בלבו תשובה ונאמן הוא בזה וכמ"ש הב"ש הנ"ל, וא"כ
באופן הא' הכשירו ברור מתוך דברי התלמוד מבריתא דקדושין הנ"ל —
והנה גם בזה יש ללמוד סרבותינו נוחי נפש, אם המה פשטו ידם לקבל
רק באומר קל להשיב אף כמותר לע"ז, להכשירו מיד ולהחזיק עמו באחיה,
למה לא נתחכם גם אנו עם אותם העבריינים משאר עבירות, ולפתוח להם
הרלת לתשובה על ידי שלא נפרד איש מאחיו, אולי יחזקו עי"ז בדת כמונו
ולא יקוצו בתוכחתינו, וכהיות שדברי חכמים בנחת נשמעים ניעץ לכל
מורה אשר לו לב רגז ומסחר ליתן בזה יד לפושעים. שיאמר לאיש כזה,
בעת יקבל ממנו עדותו או אשר יקרב לשבועה. שיהרהר תשובה בלבו,
ואז טוב לו לעשות משפט וצדק בארץ — והלא על זה אנו סומכין בכל
סדר חליצה שיאמר הרב להדיינים שהוא בחר שיהרהרו אז תשובה בלבם,
אולי חטאו ופסלו לדין, אך לא יכלימנו בדברים עתיקים ח"ו — ואחר
שאמרו חז"ל "מרבה עצה מרבה תבונה' נאמר לראשי הממדים שימתיקו
סוד יחד ויתכן להם הדרך אשר יאמר הרב לכל איש ואיש כצדיק כרשע
שיקבל ממנו עדותו או אם יקרב לשבועה שיהרהר תשובה בלבו על כל
מה שחטא נגד דת משה וישראל, כמו שאומר להדיינים בסדרו ההליצה
ובזה לא יבוש יעקב לעיני העמים, וכל איש ואיש מבני בריתנו לא יכלא
שפתו מלומר הן, ובזה לברו נחשיבנו לשב ורפא לו להבשירו לעדות
ולשבועה ולקרבו עי"ז לתורה ולמצוה זהו מאי שרצינו לבאר בהיתר
השלישי בס"ד. --

היתר ה"ד הוא מתוך ההלכה, וזהו באשר לא נעלים עינינו גם מפנים
השני בצד הספק, והוא שהעד הלז אינו יודע כלל וכלל שבעל עבירה
פסול הוא לעדות דבר תורה, וזה הצד בוודאי יותר קרוב לאמת מהצד
הראשון, ומעתה אם ככה יחשוב בלבו: היא חנותנת כעצמה שבאמת לא
יפסל לעדות. והלא כן מבואר בשו"ע ח"מ בסי' ל"ד כ"ד שצריכים
העדים להודיעו בשעה שעבר עבירה שהעושה דבר זה הוא פסול לעדות
וכן מבואר זה עוד יותר שם בסמ"ע בס"ק נ' שכ' בזה"ל שצריך נ'
מיני הודעות וכהודעה השלישית קחשיב אף שהוא ידוע שהעובר יודע
שאותו חמעשה הוא איסור ל"ת שבתורה בכ"ז אם יש לתלות שאינו יודע

שיפסל לעדות ע״ז צריך להודיעו וכו׳ ע״ש ואף שאם נחקור על
מקור דין זה לא נמצאנו מפורש לא בדברי הש״ס גם לא בדברי הרמב״ם
שהעתיק המחבר בש״ע לשונו, דוודאי זה שכ׳ הרמב״ם ז״ל ״וכן המשחק
בקוביא תמיד צריכים העדים להודיעו שהעושה דבר זה פסול לעדות׳ אינו
מכוון בדוק׳ על חסרון ידיעה מפסול העדות. אבל הכוונה גם כזה שהאיסור
בעצמו צריכים להודיעו, כמו שמורה סיום דבריו ״שרוב העם אינן יודעין
דברים אלו׳ מפני שכיל זה עם דברים הקודמים מבואר שגם פה חסר לו
הידיעה שהאיסור עצמו, שאינם יודעים כלל שמשחק בקוביא הוא גזלן
מדבריהם וגם מוכח כן מדברי הכ״מ שלא הביא לד״ז דמשחק בקוביא מקור
בפ״ע מתוך דברי הגמרא, מ״מ חדין בעצמו שכ׳ הסמ״ע הוא אמת מצד
מוסת השכל. דהגה לסב״ש הפסול לעדות בעוזבר עבירה הוא חלק מעונש
הסלקות וכמו שבארתי מתוך דברי הרמב״ם. דלזה קראו הכתוב׳ רשע
א״כ בוודאי זה לא יתכן רק אם בעל העבירה יודע כבר מזה שנפסל גם
לעדות. דהלא בוודאי אין עונשין לו לאדם. על שלא ידע ויאשם וישא
עונו. ומכ״ש בנ״ד דיל דאם הי׳ יודע שנפסל לעדות עי״כ בוודאי לא הי׳
עובר העבירה זו בפני ב׳ עדים או במזרהסי׳. והדין של סמ״ע כוודאי אמת
ונכון מצד השכל. —

ומעתה יודה כל איש משכיל, שאין לפסול בזה״ז שום עובר עב רה
לא לעדות ולא לשבועה, והגם לבו כחודאה, לפסול איש מכובד נאמר לו,
שתיקותך יפה מדבורך.

זהו מאי שהעלינו בע״ה לכבוד המקום ולכבוד התורה, ונשען אני בזה
על מאמר חז״ל באבות ״איהו מכובד המכבד את הבריות׳ ולמשכילים
יותעם, ועמהם יהיה הלקי עד ביאת הגואל ב״צ אמן.

Die

Zulässigkeit zur Zeugenaussage

und zur Eidesablegung

nach mosaisch-rabbinischem Rechte.

Mit Rücksicht auf die religiösen Zustände in unserer Zeit

bearbeitet

von

I. TOBELIS HANDL,

autor. Rabbiner.

WIEN, 1866.

Druck von J. Holzwarth.

Verlag des Verfassers.

Vorwort.

„בפרוע פרעות בישראל, בהתנדב עם, ברכו ה׳.״

„Zu jeder Zeit noch, wenn Zerklüftungen und Zerspaltungen in
„Israels Lager um sich griffen, traten immer freimüthige Männer
„auf, die mit allen ihnen zu Gebote stehenden Kräften für das
„Heil des Volkes, für das Wohl der Gesammtheit kämpften, und
„jene Männer waren es, die das höchste Lob Gottes und alle seine
„Segnungen dem Volke verkündeten, die sich selber zu keiner reli=
„giösen Fraktion bekannten, und außerhalb aller Parteien standen,
„aber dennoch nicht ängstlich zurück wichen, wenn sie von Partei=
„gängern angefeindet wurden.“ Zu keiner Zeit wurde die reine
Wahrheit dieses Satzes so erkannt, als in der unserigen.

In einer Zeit, wo es der Parteien so viele gibt in allen
Gemeinden Israels, in den kleinern mehr noch als in den großen;
in einer Zeit, wo sich eine Partei, die sich die rechtgläubige
nennt, den Weg absperrt, damit die Andern ihr ganz unzugänglich
bleiben müssen, indem sie alles Lichtes scheu in ihrer Camera
obscura sich einschließt, auf daß ja kein Strahl der Aufklärung zu
ihr bringe, und des fortschreitenden Geistes Licht unter ihren Mit=
gliedern nicht zünden möge; in einer Zeit, in welcher sich der
unbefangene, wahrheitliebende Gottesgelehrte ängstigen muß das
freie Wort zu lehren, um nicht dadurch den Verdacht der Ketzerei
auf sich zu ziehen: bedarf dieser etwa nicht mehr Heldenmuth, um mit

offenen Worten hervor zu treten, als irgend ein Feldherr, der mitten in einer Schlacht auf dem Kampfplatze operirt? Dieser hat auch das Bewußtsein in sich, daß selbst der Tod ihm unsterblichen Nachruhm verschaffen, und daß sein Andenken in den spätesten Zeiten noch gefeiert werden wird, während aber in dem geistigen Religions=kampfe unserer Zeit der freie, wahrheitliebende Denker auch diesen Nachruhm riskiren und darauf verzichten muß; indem die genannte Partei ein verletzendes Urtheil über ihn fällt, und mit ihrer ge=wöhnlichen Redensart: „Der gehört nicht mehr zu uns, er ist über=getreten, wir wollen seine Lehren nicht anhören“, ihm und seinen Lehren den Eintritt in ihre Lehrschulen versagt, und seinen lang=jährigen, unbescholtenen Namen mit Spott überhäuft!

Ja wahrlich, in einem solchen verfallenen Zeitalter vermag es nur das begeisterte Wort der Prophetin uns anzuspornen, Muth und Eifer einzuflößen zum freiwilligen Selbsthingeben und für die Wahrheit die Waffe zu ergreifen. Es ist das erwähnte Wort: בהתנדב עם ברכו ה'. Wenn Männer aus dem Volke, die nicht Schildträger einer Partei sind, und es auch nicht sein wollen, denen es nur zu thun ist eine Wahrheit zu lehren und für das Wohl der Gesammtheit sich freimüthig zu erklären, so sind sie die=jenigen, welche wie die Prophetin schließt ברכו ה'. sowohl das höchste Lob Gottes auf Erden verkünden, als auch alle Segnungen Gottes dem gesammten Volke bringen durch ihre Unparteilichkeit.

Dieser Drang und diese Begeisterung waren es, die mich an=spornten, gegenwärtige Broschüre der Oeffentlichkeit zu übergeben.

Es wird darin abgehandelt und festgestellt, daß selbst nach dem mosaisch-rabbinischen Civilrechte des Schulchan-Aruch, auch jene Glaubensgenossen, welche nicht nach unsern rituellen Satzungen leben, in unserer Zeit und in unserem Staate deshalb noch nicht für unzulässig zur Zeugenaussage wie auch zur Eidesablegung erklärt werden können, daß in unserer Zeit nur diejenigen unzu=lässig sind, welche sich Vergehungen eines Diebstahls, eines Betru=

ges, überhaupt Verbrechen aus Habsucht und Geldgier, zu Schulden haben kommen lassen.

Nicht etwa persönliches Interesse ist es, oder um mit jenen Andersdenkenden zu fraternisiren, was mich zur Veröffentlichung bestimmt! Nicht auch eine Denkschrift will ich hiermit meinen Freunden und Gönnern übergeben; nein! Der Allwissende ist mein Zeuge, daß die Wichtigkeit des Gegenstandes an und für sich mich angeeifert hat, diesen öffentlich zu besprechen; denn nicht nur innerhalb der Gemeinden Israels könnte diese Frage in unserer Zeit den größten Conflict herbei führen und das grellste Licht auf alle unsere rabbinischen Lehren werfen, sondern noch mehr, es könnte durch eine verkehrte Anschauung unseres traditionellen Civilrechtes ein Stein von Außen gegen uns geschleudert, und sehr bedenkliche Einwürfe gegen unsere heutige berechtigte Stellung könnten daraus gemacht werden.

Es gelang mir unter göttlichem Beistande zu beweisen, daß meine Ansicht sowohl mit dem Worte der Schrift wie mit dem Schulchan-Aruch in Einklang steht.

Es wird in gegenwärtiger Abhandlung eine vierfache Argumentation auf Grund verschiedener Quellen ausgeführt, die ich hier in Kürze zusammenfasse.

A) Wird aus der exegetischen Erklärung der Mechilta bewiesen, daß jener Ausspruch in dem Verse „אל תשת רשע עד" Du sollst den Frevler nicht zur Zeugenschaft zulassen, selbst nach der rigorosen Deutung, daß unter „רשע" Jeder, der irgend ein Verbot unserer Ritualgesetze nicht befolgt, zu verstehen sei; dennoch durch die Verbindung des Vordersatzes mit dem Nachsatze "להיות עד חמס. nicht anders zu erklären ist, als daß der erstere nicht als apobictisch, als unbedingt von uns zu erfassen ist, sondern nur als hypothetisch und bedingt durch den Nachsatz "להיות עד חמס., daß du nämlich bei einem solchen Indifferenten nur ohne irgend einen Gegenbeweis

für seine Redlichkeit, den Verdacht gegen ihn hegen kannst und sollst,
er werde auch ein falsches Zeugniß ablegen. Wenn wir daher in
einer Gesellschaft leben, von der wir überzugt sind, daß wenn sie
auch die rituellen Vorschriften nicht beachtet, dennoch für Recht und
Wahrheit einsteht mit Leib und Leben, mit Gut und Blut, darin
ihr Seelenheil findet und die göttliche Offenbarung so bekennt
wie ihre übrigen Genossen, so haben wir gar keine Veranlassung
gegen diese den Verdacht der Falschheit und der Lüge zu erheben.

B) Die zweite Beweisführung wird aus dem ersten und vorzüg=
lichsten traditionellen Buche, aus der Mischna geführt, und zwar
nach der Erklärung des Maimonides, daß ‏רשע׳‎ ein vom
jüdischen Gerichtshofe zur Geißelstrafe verurtheiltes Individuum be=
deutet. Von einem solchen spricht nun die Thora in dem Gesetze
‏אל תשת רשע עד׳‎, dieser ist unzulässig zur Zeugenschaft. Nun ist
es sehr einleuchtend, daß eben in dieser Benennung ‏רשע׳‎ der
ganze Schwerpunkt des Gesetzes ruht.

Denn nur zu jener Zeit, wo sich der Indifferente durch eine
öffentliche Verletzung eines Ritualverbotes zugleich der öffentlichen
Mißhandlung durch die an ihm vollzogene gerichtliche Geißelstrafe
preisgab und deshalb ihn auch die Schrift mit ‏ונקלה אחיך לעיניך‎
als gemein und schmutzig schildert, eben weil er mit seinem Aerger=
niß die öffentliche Strafe über sich ergehen läßt, hatte das Gesetz
„‏אל תשת רשע עד׳‎ seine volle Geltung, indem bei einer solchen Ge=
meinheit auch jede Charakterlosigkeit vorauszusetzen ist, und des=
halb wurde ihm auch jede Glaubwürdigkeit abgesprochen.

Es wird daher nachgewiesen, daß selbst im Alterthume in den
Zeiten der Mischna es auch schon Perioden gegeben hat, wo man
aus Mangel an hiezu autorisirten Richtern die Geißelstrafe nicht hand=
haben konnte. Ferner daß diese auch niemals in andern Ländern
außerhalb Palästina's executirt wurde, wodurch das Gesetz der Un=
zulässigkeit zu jenen Zeiten außer Kraft trat. Wenn aber auch in
späterer Zeit das rabbinische Gesetz andere Strafen dafür adoptirte,
bis auf die neue Zeit den Bannstrahl und die Excommunication ge=

brauchte, und dadurch zugleich das Gesetz der Unzulässigkeit des Schulchan Aruch wieder Platz fand, so ist es doch begreiflich, daß in unserem Staate, wo auch dies jedem jüdischen Gerichts-Collegium untersagt ist, wo also Niemand mehr über Nichtachtung der Ritualgesetze von einer öffentlichen Strafe bedrohet sich sieht, auch das damit verbundene Gesetz der Unzulässigkeit zum Zeugen auf Jene nicht mehr anzuwenden ist.

C) Wollen wir auch allen denen gerecht werden, die an dem buchstäblichen Sinne des Schulchan-Aruch fest halten, so verweisen wir sie auf den Codex Ch. Mischpat (Absch. 34 § 24) ohne alle weitläufige Deductionen.

Daselbst heißt es ausdrücklich, daß es für die Strafe der Zulässigkeit zum Zeugen nicht genügt den Beweis zu liefern, daß der Uebertreter eines Ritualgesetzes das Bewußtsein hatte, es sei diese That nach der Thora eine sündhafte, sondern daß ihm auch bekannt war, er werde durch solch' gegebenes Aegerniß für unzulässig zur Zeugenschaft und Eidesablegung nach der Thora erachtet.

Deutlicher noch spricht sich darüber der Commentar Meïrath-Enajim aus (Not. 50), indem er bemerkt, daß ihm damit vor verübter That von zwei glaubwürdigen Zeugen gedroht worden sein mußte. Nun ist es aber bekannt, daß in unserer Zeit kein Einziger der Indifferenten davon Kenntniß hat, daß er durch einen Verstoß gegen Ritualgesetze die Zulässigkeit zur Zeugenschaft und Eidesablegung einbüße und um so weniger, daß Jemandem von zwei Zeugen damit gedrohet würde. Dies ist also an und für sich Grund genug, einen solchen, selbst nach der strengsten Auffassung des Schulchan-Aruch, nicht zur Unzulässigkeit zum Zeugen verurtheilen zu können.

D) Schließlich erlauben wir uns den Würdenträgern und Seelenhirten in Israel einen bescheidenen Rath zu ertheilen, der sowohl zur Beruhigung des noch immer scrupulösen Rabbiners gegenüber dem Indifferentismus, als auch zur gänzlichen Vermeidung des erwähnten Conflictes, nach allen Seiten hin und zu allen Zeiten führen soll. Wir heben nämlich hervor den humanen Sinn unserer Talmudlehrer, welche trotz der ihnen zur Last gelegten Strenge und erschwerenden Anschauungen dennoch Thür und Thor öffneten für Andersdenkende und Andershandelnde, um mit ihnen zu pactiren.

Sie anerkennen, wo es sich um Recht und Wahrheit handelt, den großen Unterschied zwischen dem besprochenen Sünder gegen Ritualsatzungen, und dem, des Betrugs und der Falsifikation Schuldigen überhaupt. Es bestimmt daher der Ch. Mischpat (Absch. 34. § 22), daß zur Zulässigkeit eines Sünders gegen Ritualgesetze überhaupt, wäre er selbst ein Renegat im weitesten Sinne des Wortes, nichts mehr erforderlich sei, als daß er auszusprechen habe, für die Zukunft alles dem Thoragesetz Zuwiderhandeln zu unterlassen, dies allein genüge, und man brauche nicht erst einen Beweis darüber von ihm abzuwarten, sondern von diesem Momente an sei er wie der frommste Jude als zulässig und glaubwürdig zu erachten. Von den Verbrechern der Fälschung und des Betrugs hingegen, heißt es daselbst (Absch. 34. § 29), daß sie nicht eher als zulässig aufgenommen werden dürfen, bis zuerst der Beweis hergestellt ist, daß sie von ihrem schlechten Lebenswandel durch längere Zeit nachgelassen, und bei irgend einer Gelegenheit ihre Redlichkeit schon an den Tag gelegt haben.

Nun denn! Jeder bescheidene Rabbiner kann auf diese Weise die beschuldigten Zeugen oder die Eidespartei ermahnen, daß sie in Zukunft von den Wahrheiten der Thora besser überzeugt sein, und alles ihren Vorschriften Zuwiderhandelns von nun an sich enthalten sollen, und gewiß wird jeder bescheidene Mann sein Jawort darauf sprechen, wodurch also beide, Richter und Zeuge oder Partei selbst dem buchstäblichen Schulchan-Aruch-Gesetz ihren Tribut gezahlt, und es kann durchaus Niemand mehr zurück gewiesen werden.

Wir wollen aber in unserem Rathe noch weiter gehen, wollen nicht nur den Rabbinen gerecht werden, sondern es auch gegen unsere intelligenten Glaubensbrüder sein, damit nicht bei erwähnter Ansprache ihr zartes Ehrgefühl sich dadurch angegriffen fühle. Wir weisen schließlich noch auf eine Stelle im Codex Eben-Haeser hin, wo es heißt (Absch. 169), daß bei einem Gerichtsverfahren der vorsitzende Rabbi zu seinen richterlichen Collegen die Ansprache halten soll: Meine Herren! Im Namen des Gesetzes muß ich Sie auffordern, daß Sie, bevor Sie den richterlichen Act vollziehen, über sich selber nachdenken wollen, ob Sie nicht etwa gegen ein Thoragesetz verstoßen haben, und den Entschluß zu fassen, dergleichen in Zukunft zu unterlassen, und das Richtercollegium bejahet es. Wenn nun die Form eingeführt würde, daß der Rabbi an jeden Zeugen oder jede Eidespartei, ohne Unterschied des Lebenswandels, und wären sie noch so heilig, diese Ansprache in erwähnter Form richtete, so könnte unmöglich der Intelligente irgend einen An‑ griff auf sich darin vermuthen. Ohne weiters wird er seine bejahende Antwort nicht versagen, indem es ihm klar würde, daß dies die Form der jüdischen Gerichtsverhandlung überhaupt sei, und wer weiß, ob ein solches Verfahren nicht einflußreicher auf das Gemüth zu wirken vermag, als der frühere Bannstrahl; indem doch unsere Weisen selber sagen: "אין לך אדם שאין לו שעה. es hat jeder Mensch seine gewissen Stunden, in denen sein Herz sich ihm weiter erschließt, und alle edleren und religiösen Gefühle in ihm lebendiger schlagen.

Dies glaube ich ist der Weg, von dem der Weise Salomo spricht: "דרכיה דרכי נועם וכל נתיבותיה שלום. — Die Wege der Thora sind wohl Wege der Befreundung, und nicht der Tren‑ nung; man muß aber Kenntniß nehmen von allen ihren verschiedenen Pfaden und geheimen Stegen, um zu allen Zeiten den Frieden herzustellen, nach Innen so wie nach Außen.

Somit lege ich gegenwärtige Broschüre unter dem Titel

„עדות לישראל", die Zeugenschaft für Israel, allen gelehrten Fachmännern zur Beurtheilung, zunächst aber den hochgeehrten Rabbinen älterer und neuerer Schule zur Begutachtung vor; denn nicht mir allein soll das Verdienst bleiben, sondern Allen denen, welche es zu Recht anerkennen und es handhaben zur Steuer der Wahrheit.

Wien, am 24. Kißlew 6626.

Der Verfasser.